आयेंगे बादल बदलाव के

रमेश बिंदल

आयेंगे बादल बदलाव के

रमेश बिंदल

Anybook

Published By

Anybook

Cell : 9971698930

E-mail : contactanybook@gmail.com

Website : www.anybook.org

Price in India : 175/- INR

First published by Anybook in 2021
Copyright © 2021 Anybook
Copyright Text © 2021 Ramesh Bindal
Printed and bound in India
Cover Design & Typesetting by Anybook

ISBN : 978-93-86619-79-2

माँ!

माँ तुम ही हो, पिता तुम ही हो
जिसने मेरे जीवन को संवारा-सजाया,
शिक्षित-दीक्षित और संस्कारी बनाया।

पुस्तक रूप में यह भेंट आपको
समर्पित।

पूज्य माताजी– स्वर्गीय श्री मति भगवती देवी मदन लाल जी बिंदल।

कवि का आक्रोश और बदलाव का आह्वान

प्रोफ़ेसर (डॉ.) सरोज कुमार

मित्रवर रमेश बिंदल अपने पहले कविता-संग्रह "बतियाती कविताएँ" के बाद बहुत ही कम समय में, अपने नए कविता-संग्रह के साथ उपस्थित हैं। इस संग्रह की कविताएँ पढ़ते हुए, कवि की बतियाती कविताएँ बारम्बार याद आती हैं। बतियाती कविताओं की भावभूमि इन कविताओं में और विस्तृत हुई है। ये कविताएँ प्रकारान्तर से बतियाती कविताओं का एक्सटेंशन हैं। उन कविताओं की सहोदर भी, सहचर भी और उत्तरोत्तर विकास की उपलब्धि भी।

रमेश जी का स्वास्थ्य प्राय: साथ नहीं देता। उम्र भी कम नहीं, व्यस्तताएँ भी घनेरी हैं पर कविता लिखना उनका व्यसन बन चुका है। कविता मानो उन पर देवी की तरह चढ़ी रहती है और उन्हें दिन-रात लिखते रहने के लिये प्रेरित करती है। एक बात यह भी, कि कोई कवि अपने मन को चाहकर भी कविताओं में पूरी तरह खोल नहीं पाता। यही हालत बिन्दल जी की भी है। अपने मन में घुमड़ती स्थितियों को लिखते हुए और लिखकर, उन्हें पूरा सन्तोष नहीं मिलता। यही लगता रहता है, कि जो कहना था, वह पूरी तरह व्यक्त नहीं हो पाया है। पूरी तरह व्यक्त हो पाने की कशिश और कोशिश में वे बारम्बार क़लम उठा लेते हैं।

बिन्दल जी चाहे देश की किसी राजनीतिक पार्टी के प्रवक्ता अथवा सदस्य न हों, पर उनकी कविताएँ अपने तेवर में ग़ैर-राजनीतिक नहीं हैं। कविताएँ साफ़-साफ़ बता रही हैं, कि वे वर्तमान शासन व्यवस्था से असन्तुष्ट हैं। उनकी आकांक्षा है, कि जनता सड़क पर उतरे और बे-लगाम होती जा रही सत्ता को वश में करे। सत्ता, संसद और

न्यायपालिका की गरिमा को पुनर्प्रतिष्ठित करने की भावनाएँ इस संग्रह की कविताओं में पूरी तीव्रता के साथ व्यक्त हुई हैं। बादल बदलाव के लाना हैं कविता में, उनके असन्तोष, आक्रोश और बदलाव के आह्वान को पढ़ा जा सकता है।

देश की दुर्दशा पर कवि का दर्द उसके आक्रोश में पूरी शिद्दत के साथ व्यक्त हुआ है। इसके बावजूद वह निराश नहीं है। उसे विश्वास है कि देश के दुर्दिन स्थायी नहीं रहेंगे। दिन बदलेंगे। फ़िज़ाओं में बदलावों के संकेत उसे दिखते हैं। सड़कों से उड़ती धूल और हवाओं के तेवर उसे आश्वस्त करते हैं, कि समय बदलकर रहेगा। वह चाहता है, कि पूरी ताक़त से हल्ला बोल दिया जाए। वह सपनों में देखता है, कि रौशनी उतर रही है और अँधेरे भागने लगे हैं।

मुझे विश्वास है कि इन कविताओं को पढ़ते हुए, आप अनुभव करेंगे कि कवि ने अपने उद्विग्न मन की उथल-पुथल अपने शब्दों में भावावेग सहित अभिव्यक्त की है। ऐसी अभिव्यक्ति ही रचना को सार्थक बनाती है। बिन्दल जी को मेरी बधाइयाँ एवं मंगलकामनाएँ।

123, सुनिकेत अपार्टमेंट,
72-79, श्रीनगर एक्सटेंशन,
(ख़जराना मेन रोड़) इंदौर-452018
मो.: 9406622290

मन अभी भरा नहीं!

दो कविता संग्रह, पचासों अप्रकाशित कविताएँ, कथा-कहानियाँ लिखने के बाद भी, ऐसा लगता है, जो मन में घुमड़ रहा है, वह बाहर नहीं आ पा रहा है, अभिव्यक्त नहीं हुआ है। दिन-रात लिखना चाहता हूँ। बे-ताबी कभी-कभी इतनी बढ़ जाती है कि लगता है घर, परिवार, समाज रूपी पिंजरों को तोड़, उड़ जाऊँ खुले आसमान में। पहाड़, नदी, वन आदि से गुज़रता, निहारता, यहाँ से वहाँ घूमता-उड़ता इन सब पर लिखता रहूँ। मन की घुटन और बाहर की चार दीवारी सब पर कुछ इस प्रकार लिखूँ कि, सब अन्दर-बाहर रुका हुआ, फव्वारे सौते की भाँति फूट पड़े और बह चले। इन सबको शब्दों में व्यक्त करना चाहता हूँ। इसीलिये जीवन के इस आख़िरी-पन में दिन-रात लिखना चाहता हूँ। लिखने का प्रयत्न कर भी रहा हूँ कि शीघ्रता से इसे लिख डालूँ, क्योंकि एक तो शरीर की अस्वस्थता, दूसरा बढ़ती उम्र, इनसे डरता हूँ कि ये काम अधूरा न रह जाए। इसमें प्रोफ़ेसर सरोज कुमार जी का उकसाने के रूप में, लिखे हुए को देखने-सुधारने के रूप में बराबर सहयोग मिल रहा है। कई बार लिखने बैठता हूँ तो मन अनुसार शब्द नहीं मिल पाते। कभी कोरोना महामारी से हुई दुखद घटनाएँ सुनकर मूड ख़राब हो जाता है तो कभी श्वास का उफान पर आना बे-दम कर देता है। इन सबके बाद भी लिख रहा हूँ। अब और अधिक समय दे रहा हूँ।

हिन्दी साहित्य ही नहीं, सभी भाषाओं के साहित्य में काव्य विधा उस भाषा और उसके साहित्य का आभूषण भी है और आत्मा भी। काव्य के बिना सब बे-नूर है। काव्य को कवियों ने अपने-अपने मिज़ाज के हिसाब से, अलग-अलग ढंग से रचा है, विभिन्न रसों में। मूल रूप से काव्य मानव ही नहीं, जीव माल की संवेदना की अभिव्यक्ति है। संवेदना ही काव्य की आत्मा, उसका तन-मन, आकार-प्रकार सब कुछ है। जब जीव सताया गया, तब काव्य करुणा में व्यक्त हुआ।

जब सत्य को ललकारा गया होगा तो वीर रस में व्यक्त हुआ होगा। जब व्यवस्था से नाराज़ हुआ होगा तब विद्रोही और इंक़लाबी काव्य रहा होगा और जब प्यार में असफल रहा होगा तो विरह वेदना के रूप में फूट पड़ा होगा। किन्तु इन सबमें काव्य में, जो तत्व मूल रूप में पाया गया, वह मन की संवेदना का ही रहा। सफलता-असफलता, न्याय-अन्याय, पाना-खोना, टूटना-जुड़ना, मिलना-बिछुड़ना आदि ये सुख और दुःख जो मिलते हैं, तब मन सुख पाकर आल्हादित हो उठता है, दुख पाकर क्लांत, उदास और मुरझाया-सा हो जाता है। मनोदशा मन की संवेदनशीलता का ही रूप है। हम यूँ कह सकते हैं कि काव्य मन की दशा का आईना है। कवि के मन ने किसी भी कारण से, चाहे सामाजिक, चाहे व्यवस्था सम्बंधी या राजनीतिक कारण से न्याय-अन्याय, पक्षपात, ईष्या-वश या फिर बदले की भावना से किये गये कार्यों, निर्णयों को देखा, महसूस किया, उसी के अनुरूप समय-समय पर वैसी ही अभिव्यक्ति काव्य रूप में प्रकट होती रही है।

इस प्रकार इस संग्रह में विभिन्न रस, रूपों, भावों की कविताएँ पाठकों को पढ़ने, गुणने और महसूस करने को मिलेगी। पाठक इसको जिस रूप में भी ले वे स्वतंत्र है। यह काव्य संग्रह पूर्व के काव्य संग्रह "बतियाती कविताएँ" के बाद दूसरा संग्रह है। भरोसे के साथ इतना ज़रूर कह सकता हूँ, कि काव्य की संवेदनशीलता और उसके सौंदर्य को बिना किसी ठेस अथवा आघात के, अक्षुण्ण बनाये रखा गया है।

पाठकों की प्रतिक्रिया का आकांक्षी

रमेश बिंदल

अनुक्रम
कविताएँ

कविताएँ

तुझे पास करूँ या फ़ेल

बता ऐ ज़िन्दगी, तुझे पास करूँ या फ़ेल।
आधी उत्तर-पुस्तिका तो ख़ाली मिली
और जो लिखी मिली उसमें
आधे जवाब ग़लत मिले।
माइनस-मार्किंग सिस्टम से
जाँची जावेगी तो तुझे ज़ीरो मिलेगा।
तू ही बता, तुझे आगे कैसे बढ़ाऊँ,
ऊपर की कक्षा में कैसे बिठाऊँ?
फिर से हिम्मत करो
आने वाली परीक्षा की
पुर-ज़ोर तैयारी करो, व्योंकि, पैसे देकर
ग़लत काम करना-कराना
सही नहीं माना गया
गौतम-गाँधी के इस देश में,
साधन भी उतना ही
पवित्र होना चाहिये,
जितना लक्ष्य को माना गया।
लक्ष्य को पाने, फिर से
कर्म में जुटना होगा,
कर्म से जो फल मिलेगा, तेरा होगा।
सफलता भी वही फलदायी होगी,
जो तुम्हारी प्रतीक्षा करती मिलेगी।
लगा ले गले उसको,
और तू उसके गले लग जा

पीछे मेरे चलती है ज़िन्दगी

ज़िन्दा हूँ,
ज़िन्दा ही नहीं, ज़िन्दा-दिल हूँ
इसीलिये, साथ चलती
साथ रहती,
और साथ निभाती है
ज़िन्दगी।
कुछ को, अकेले जाते देखा
बिना रीढ़ चलते देखा,
बिना ज़िन्दगी जीते देखा
बिना मौत मरते देखा,
रोते बिलखते उठते-बैठते
पूरी होते देखी है, ज़िन्दगी
कुछ को हारते देखी है ज़िन्दगी
मैं ऐसी ज़िन्दगी
जी नहीं सकता,
मैं हमेशा ज़िन्दगी से
आगे चलता,
पीछे-पीछे मेरे चलती है
ज़िन्दगी।
कुछ लोग कहकर बुलाते, मनुहार करते, मेरे घर आना ज़िन्दगी,
ख़ुद चलकर, यहाँ मेरे घर
साँकल बजाकर
दरवाज़ा खटखटाकर
मेरे घर में दाख़िल होती है
ज़िन्दगी।

आयेंगे बादल बदलाव के

ऊँघतों-रेंगतों का
साथ नहीं चाहती
जोशीलों, मर्दानों का
साथ चाहती है
ज़िन्दगी।
टूटकर बिखरते
बिखरकर मिटते देख
जो लपककर
थाम ले हाथ,
ऐसे किनारों का साथ चाहती है
ज़िन्दगी।
अधखिली रह जाती हैं,
खिलती ज़िन्दगियाँ,
रौशन होने से पहले
बुझा दी जाती हैं ज़िन्दगियाँ,
धुएँ की लकीरें बनाती लालसाएँ
अधजली बत्ती दिये सी,
लगती है
ज़िन्दगी
पकने से पहले डाल से
खिरती-गिरती
ये इच्छाएँ,
कैसे सहारा बन पायेंगी,
कैसे रौशन कर पायेंगी,
अधूरे-पन का बोझ ढोती
बुझी-बुझी सी ये ज़िन्दगी।

जनता की अदालत के हवाले करना है

छोटे-छोटे
रियासतों के टुकड़ों में
बँटे हिन्दोस्तान को
एक डोर में पिरोया था,
भाषा संस्कृति को आधार बना
राज्यों को फूलों की भाँति
एक माला में गूँथ
माँ भारत को पहनाया था
राजे-रजवाड़ों के प्रिवि-पर्स बंद कर
वह धन जनता को
उपलब्ध कराया था।
जन-धन से लबालब
भरे बैंकों को
मुट्ठीभर धनपतियों के
पंजो से छुड़ा
बैंकों का राष्ट्रीयकरण कर
फिर से जनता के धन को
जनता तक पहुँचाया था।
कॉर्पोरेट घरानों, विदेशों से
आयात होने वाले लोह-सीमेंट
ऊर्जा के भण्डारों को, देश में ही
सार्वजनिक उपक्रमों के

आयेंगे बादल बदलाव के

रूप में बिछाया था।
एटम हथियारों का निर्माण
हमारे ही
आँगन में शुरू कर
विदेशी निर्भरता और मुद्रा
से छुटकारा दिलाया था,
आज गंगा को
मोड़ उल्टी बहाने,
पूर्व से उगते सूर्य को
पश्चिम से उगाने को
मजबूर किया जा रहा है
हमारे देश के
आत्मनिर्भर बने ढाँचे,
इंफ्रास्ट्रक्चर की नींव को ही
बेचा जा रहा है, और
कार्पोरेट घरानों द्वारा
सत्ता दिलाने में
ख़र्च हुए
और एहसान चुकाने के बदले
हमारे देश की
आत्मनिर्भरता को
कुछ घरानों के सुपुर्द किया जा रहा है।

ये ज़िन्दगियाँ

सील गईं दियासलाई-सी
ये ज़िन्दगियाँ बे-जान हो गई हैं।
घिस-घिसकर
तीलिका घिसने पर भी, घर्षण मिला तब भी,
आग ना चिंगारी देने लायक़ रह गई हैं।
व्यवस्थाएँ क्यों ऐसी हो गई हैं,
कि ज़िन्दगियाँ अवसाद से भर गई हैं।
ना कोई खिड़की ना दरवाज़े,
सब बंद कर, अँधेरों के हवाले
हमारे घर कर गई हैं, ये व्यवस्थाएँ।
ताज़ी हवा के झौंके
बाहर से ना आ जायें कहीं
बेसुध, बे-जान पड़ी ज़िन्दगियाँ,
चेतना से ना भर जायें कहीं
हूक ना उठ जाये फिर से जीने की,
जाग ना जाएँ लालसाएँ
कुछ कर के मरने की।
सीली-सीली ये ज़िन्दगियाँ

आयेंगे बादल बदलाव के

अँधेरों से बाहर आने को
तरसती ये ज़िन्दगियाँ
गर्माहट पा लेंगी सिर पे तूफ़ान उठा लेंगी
बस में ना रहेंगी ये ज़िन्दगियाँ
व्यवस्थापकों को आज के
बे-बस कर देंगी, ये ज़िन्दगियाँ
पसीने पेशानी पर ला देंगीं, ये ज़िन्दगियाँ।
जब ये ज़िन्दगियाँ अँधेरों से बाहर आकर
जाग उठेंगी ये ज़िन्दगियाँ उष्णता पाकर।

हाथ में किसी का हाथ है

ज़िन्दगी, तू किस मुक़ाम पे आकर
सूने कर गई दिन-रात मेरे
इधर नौकरी से निवृत हुआ,
उधर तूने छोड़ दिये घर-बार मेरे।
नितांत अकेला रह गया हूँ मैं
सिर्फ़ साँसें ही रह गईं, साथ मेरे।
अजगर सी रेंगती रातें
बगल में छोड़ गई मेरे
और, दिन बुझे-बुझे से, अलसाये
छोड़ गई, कमरों में मेरे।
कहाँ जाऊँ, किसके पास बैठूँ?
कब तक, किस-से क्या बात करूँ
थक-हार कर घर लौट आता हूँ
मेज़ पे फैले फ़ोटुओं और
पुराने अल्बमों को देख
मन को बहलाता हूँ।
दरवाज़े पे कोई दस्तक दे, और
कोई भी परछाईं दिखाई दे,
जो मेरे एकाकीपन में
मेरा साथ दे
पर ऐसा होता नहीं है,
क्योंकि हर हाथ में किसी का हाथ है,
सबका अपना-अपना साथ है।

पके फल

ज़िन्दगी उम्र के उस पड़ाव पर आ गई,
लगता है,
जहाँ से पकने के बाद,
कोई फल पेड़ पर ठहर नहीं सकता है।
इसीलिये पका फल कभी भी टपक सकता है।
राह में अँधेरे-उजाले,
सबको पार कर,
ज़िन्दगी ऐसे छोर पर आ गई है,
जिसके आगे दिखता नहीं कोई रास्ता भी होगा,
लगता है।
सफ़र तो अभी बाक़ी है, पर साँझ हो गई है,
लगता है।
अँधेरे साये रात के अब आगे चलने नहीं देंगे,
लगता है।
दिये में तेल तो है, पर बाती जल गई है,
शरीर तो अच्छा भला है,
पर साँसे खुट गईं,
लगता है।

न्याय की देवी परेशान थी

सरकार सब जानती है, उसे क्या करना है,
यह तय करने की क़ाबीलियत भी
उसके पास है।
देश की बड़ी अदालत ने अपनी मंशा
ज़ाहिर कर दी थी,
इतना ही नहीं सरकार के प्रति अपनी संवेदनशीलता
यों दर्शा दी थी-
मुख्य न्यायाधिपति ने कहा
विपदा की इस घड़ी में
सरकार को तंग करने का
न्यायालय का कोई इरादा नहीं है,
सरकार को मासूम, और
मज़दूर को लोहे की मशीन मानकर,
बे-रोज़गारी झेलते, अपने गाँव को लौटते
करोड़ों मज़दूरों को,
राहत दिलाने सम्बंधी सभी याचिकाएँ
बड़ी अदालत ने ख़ारिज कर दीं थी

आयेंगे बादल बदलाव के

मुसीबत में फँसी मासूम सरकार को राहत दे दी थी।
वकीलों की बार में उस दिन,
सन्नाटा और, ख़ामोशी थी,
अदालत के इस सरकार परस्त नज़रिये पर
आश्चर्य से अधिक हैरानी थी।
न्याय की तराज़ू लिये खड़ी
न्याय की देवी की पेशानी पर भी
उस दिन परेशानी थी।

मध्यम वर्गीय आबादी

बिगाड़ के डर से बदलाव से
मुँह मोड़ने वाली,
मेरे मुल्क, भारतीय समाज की
यह मध्यम वर्गीय आबादी है
भय से किसी भी परिवर्तन को
नकारने वाली यह, यथा स्थिति वादी है।
यह वणिक बुध्दि, लाभ-हानि को देखने वाला
व्यापारी वर्ग वट वृक्ष की भाँति पसरा है,
इसकी सघन छाया में
कई वर्ग, जाति, धर्मावलम्बियों का बसेरा है।
देश की खेती, धर्म-कर्म और व्यापार से जुड़े,
किसान, पण्डे-पुजारी से लेकर
गाँव बलाई (सफ़ाई) तक का यहाँ डेरा है।
मुल्क की आज़ादी की लड़ाई में भी
इसकी भूमिका तटस्थ रही थी,
यह भीरू वर्ग, यह आबादी,

आयेंगे बादल बदलाव के

सरकार के साथ रही थी
क्योंकि ये किसी बदलाव से
दूर भागने वाली
जहाँ है, जैसे है, ठीक हैं के सोच वाली
सभी प्रकार के झँझटों से दूर रहने
की आदी रही है, यह आबादी
राजनीति में कोई महत्व नहीं रख, कोई सक्रिय
भागीदारी नहीं निभाने के बाद भी
मुल्क की, सरकार बनाने में
कारीगर की भूमिका
निभाते इस देश की तक़दीर
बनाती है यह मध्यम वर्गीय आबादी है।

थोपे हुए पुतले

मेरे देश को, इस मुल्क को
ये कहाँ से मिल गये,
अप्रत्याशित ही नहीं,
अवाँछनीय भी है, क्योंकि
ना तो ये देश की ज़रूरत हैं
ना हो सकते है,
ज़रूरत पूरी करने लायक़,
ना स्वयं का कोई सोच-विचार है,
ना विधा है, ना दिशा है,
ये तो मात्र नकल कर सकते है,
उसमें भी माहिर नहीं हो सकते
ये तो किन्हीं के धन बल से
थोपे हुए पुतले लगते है,
उन्ही के इशारों पे हरकत
करते हैं अन्यथा बे-जान
लगते हैं।

इसीलिये, ऐसे बे-जान,
थोपे हुए पुतले किसी भी मुल्क की
धमनियाँ नहीं बन सकते
उसकी आवाज़ नहीं हो सकते
ऐसे पुतले मुल्क की पहचान
नहीं बन सकते
क्योंकि कोई अधूरा व्यक्ति
नायक नहीं हो सकता
इतिहास में दर्ज होने
लायक़ नहीं हो सकता

राजा राम और अयोध्या राजधानी

रामराज लाना है तो,
कुछ यों परिवर्तन किये जायें
राम करे ऐसा हो जाये,
देश की राजधानी दिल्ली के बजाय
अयोध्या बना दी जाये।
बनने वाला भव्य राम मन्दिर
राष्ट्रपति भवन
और देश का राष्ट्रपति
राजा राम हो जाये।
भरत की भाँति, प्रधानमंत्री
राममूरत को राजा मान
प्रमुख सेवक बन राज चलाये,
अन्य मंत्री
राम दरबार के सभासद और
सांसद सभी, प्रमुख दरबारी कहलायें।
राम-राज का सपना अधूरा
ऐसे ही हो सकता है पूरा

जो फसल राजनेताओं की
पैदा होकर आ रही है
ऐसी पैदावार में, ऐसी फसल में
राम कहाँ पैदा होगा,
यों राम नहीं आयेगा तो
राम-राज का सपना
सपना ही रह जावेगा।

दर्द जो छलक आया सरहदों पर

दर्द जो हलक़ तक आया था
निगल लिया था, जब आबिदा ने,
सरहद पार से आई
छोटी बहन ज़ुबैदा को,
समझौता गाड़ी में बिठाया था,
आँखें छलछला आई थीं
हूक उठने लगी थी,
जब दोनों बहने मिलने
लगी थीं विदाई देते हुए।
रुँध गले से बस इतना कहा
अब ना जाने कब मिलेंगे
या बिन मिले ही दफ़न
हो जाएँगे।
रुलाई फूट पड़ी थी, सिसकियों में
उलझ गई थी।
ज़िन्दगी आधी गुज़र गई
उधर चिनाब, इधर झेलम को
मिले भी मुद्दतें हो गई

आयेंगे बादल बदलाव के

पर ख़त्म नहीं हुआ
मुल्क को बाँटने वाली
सरहदों का ये सिलसिला
नहीं पिघला सियासत-दारों का
पत्थर दिल कलेजा,
और कम नहीं हुआ सरहदों पे
खिंची लकीरों का मेला।
कितनी सख़्त हैं ज़मीं पर खिंची हुई
ये लकीरें
जो दिलों को बाँट दें, परिवारों को
तोड़ दें, ये लकीरें
आज भी मजबूर हैं दूर रहने को
ये बहने,
सियासतदारों की खिंची लकीरों में
क़ैद हैं, ये बहने।
जिन्ना, तुम तो क़ायदे-आज़म
कहलाते थे,
कैसी पैरवी करते थे,

रमेश बिंदल

फ़ैसला अपने ही ख़िलाफ़ कर
मुल्क और क़ौम को
दो भागों में बाँट दिया था।
यों अपने ही लोगों को, तुमने
बे-घर कर दिया था
आज तक पूछ रही है
मुफ़लिस बे-सहारा क़ौम
तुमसे, कैसे बेदखली को हमारी
मंज़ूर कर लिया बिन पूछे हमसे
कितने ही माँ-बाप बच्चों से दूर
तन्हा बुढ़ापा काट रहे हैं
कितने ही भाई बहन देखने
एक दूसरे को तरस रहे हैं
तुमने तो रुख़सत ले ली
ख़ुदा ख़ैर करे
पर, कौन कहेगा उस ख़ुदा को
कि वह हमारी भी
सुनवाई करे।

आयेंगे बादल बदलाव के

कारिंदों की हुकूमत

यों अभावों में, कई ज़िन्दगियाँ
कट रही है,
क्योंकि इनके हिस्से पे
मुट्ठी भर लोगों की, मौज मन रही है
हमको उलझाए रखा है
धर्म के धन्धों में
और भटकाये रखा है
मस्जिद और मन्दिरों में,
कहीं जाग न जायें ये ज़िन्दगियाँ,
इंक़लाबी ना हो जायें ये ज़िन्दगियाँ
इसीलिये इन मुट्ठी भर लोगों ने,
देश की संपत्ति पे
कुण्डली मार बैठे लोगों ने,
अपने कारिंदों को हुकूमत की कुर्सी पे
सियासत-दार बना बिठा रखा है
इन्हीं कारिंदों ने हुकूमत के डंडे से
सबको डरा रखा है,
मुल्क के लोगों को,
इन्सानों को,
भेड़ों की भाँति हकाले रखा है।

बेंडापन लाकर तो देख

जीवन में थोड़ा सा बेंडापन
लाकर तो देख,
पागलपन के दो घूँट
पीकर तो देख
छोटे बड़े मोड़ों, गड्ढों से
छुटकारा पाकर
ये जीवन सीधा-सरल
राजमार्ग बन जावेगा।
घूमती, मुड़ती मोड़ खाती ये ज़िन्दगी
थक सी गई है,
बचपन, शैशव और जीवन के
युवा पन में यूँ ही बीत गई है
उम्र के आधे दिन बिताकर
तीसरेपन में आकर प्रौढ़ हो चले हो
अब तो
अन्दर झाँक कर देखने की आदत छोड़
ख़ुर्दबीन-दूरबीन से देखना छोड़
सामने जो, जैसा दिख रहा है,

आयेंगे बादल बदलाव के

उसको वैसा ही देखकर तो देख...
पागलपन....
माना कई धोखों से बचकर बचाती है
कई नुक़्सानी से बचा
लेती है, चालाकी, होशियारी
कोई क्या बिगाड़कर
कितना ले जावेगा हम से
यह सोच कर, एक बार ही सही
धोखा खाकर तो देख
लूटने वाला लुटेरा, और
धोखा देने वाला धोखेबज़
ही कहलावेगा।
कभी धोखा खाकर
अपने को लुटाकर,
एक बार साहूकार
बन कर तो देख।
धोखा देकर लूट कर ले गया जो
तेरा साहूकारा और भोलापन देख,

लूटने को फिर आवेगा वो,
कुदरत का कमाल तो देख
लूटने वाला, अबकी लुटकर
जावेगा,
जो लूटकर ले गया
वह भी देकर जावेगा।

आयेंगे बादल बदलाव के

सुरमई साँझ

साँझ भी सुरमई,
बाँसुरी भी सुरमई,
दोनों ने अस्ताचल की
बेला को सुरमई बना दिया
जल राशि सुरमई, तो
नाव और खेवनहार भी
सुरमयी हो गये, इन
सबमें मिल, अतिथि नाव के
भी सुरमयी हो गये
रंग सुरमई
ताने बाने को सुरमयी बना डाला है।
कभी सुरों से रंग बदल जाते हैं
तो यहाँ रंग ने, हर
समय को,
संगीत से सजा डाला है।

अबकी बसंत....

अबकी कैसा आया बसंत

जो पलाश फूलते वो

जंगलों को सुर्ख़ रंग की चुनरी उड़ा देते थे,

आज ये फूल अपने लाल रंग से

जैसे वनों में दावानल फैला रहे है

अबकी कैसा आया बसंत

जो किसान, इस मौसम में

उमगा-उमगा सा उमंग भरा मिलता था

वो आज बुझा-बुझा सा

ठगा-ठगा सा नज़र आ रहा है

अबकी कैसा आया बसंत

महुआ, आम और करोंदी

महक नहीं रहे है

खेतों में बिखरे दानों को

चुगना छोड़ परिंदे

चहक भी नहीं रहे है

क्या बात है मौसम तो बसंत का ही, है ना

आयेंगे बादल बदलाव के

हाँ, मौसम तो बसंत का ही है
मौसम तो सही ही है, पर
देश की दशा-दिशायें
तनी-तनी सी है
फ़िज़ा भी देश की
बदली-बिगड़ी सी है
अबकी बसंत रूआंसा हो रहा है,
पतझड़ आज भी हँसता,
ढीठ-सा रुका हुआ है।
खड़ा हुआ है। हाँ ठहरा हुआ है।

फिर आ गई 30 जनवरी

आज 26 जनवरी है,
आज ही के दिन तो हमने
रावी के तट पर पूर्ण स्वराज्य की
प्राप्ति का संकल्प लिया था,
आज ही के दिन, हमने
उसी संकल्प की याद में -
हमारे देश को
सार्वभोम लोकतांत्रिक गणतंत्र राष्ट्र
घोषित किया था।
इसीलिये 26 जनवरी को
पूरा राष्ट्र गणतंत्र दिवस मनाता है,
आज का दिन ख़ुशी और
उल्लास का पर्व कहलाता है।
फिर क्यों हवा में बैचेनी और
दरिया की लहरों में विचलन है,
क्या बात है, कोई तो बताये
क्यों मन अशान्त और घबराहट है
कोई तो समझाये?
अरे हाँ,

आयेंगे बादल बदलाव के

30 जनवरी आ रही है
राष्ट्रसंत, बापू की शहादत की,
बिरला मन्दिर की देहली पर निर्ममता
की तस्वीर दिखाई दे रही है।
फिर, वैसे ही सिरफिरों की,
देश में, समाज में
नफ़रत की, हिंसा की
उगती फसल दिखाई दे रही है।
सावधान,
फिर कहीं किसी फ़रिश्ते की,
शान्ति के मसीहे की
सत्य-अहिंसा के
अद्भुत समन्वय की
साबरमती के फ़क़ीरे की
फिर से, हानि ना हो जाए
इसी भय से हवाएँ बेचैन
उफान पर दरिया की लहरें हैं।
फिर गौतम, नानक कबीर
और मार्टिन लूथर की

आत्माओं ने ललकारा है,
करोड़ों लोगों के करोड़ों हाथों को,
इतनी ही जोड़ी आँखों को
सावधान सतर्क रहने
को पुकारा है।
देखो फिर ये ताक़तें
सिर ना उठा पायें,
फिर किसी गाँधी को गोली का
निशाना ना बना पायें।
कोई तुलसी की क्यारी को दूषित
और गीता-क़ुरान-सबद को
ठोकर ना लगा जाये।
26 जनवरी तो रोज़ आए,
पर 30 जनवरी फिर ना आए।

आयेंगे बादल बदलाव के

अकेला सावन बरसेगा

अब के बरस सावन में,
ना शिवालय सजेंगे, ना मेले भरेंगे,
ना झूले डलेंगे और ना बाग़-बग़ीचे हुलसेंगे,
त्यौहार मनेंगे ना, ख़ुशियाँ बरसेगी
अकेला सावन बरसेगा,
अब के बरस सावन में
बादल ग़रज़ेंगे, बिजली चमकेगी और
पानी भी बरसेगा, पर
स्नेह के मेह को तरसेगा मन,
अब के बरस सावन में।
बहिन शंका से देखी जावेगी,
सेनेटाइज़ कर राखी बाँधी जावेगी।
प्यार के बँधन टूटेंगे, अब के बरस सावन में
भाई की जेब और बहिन की थाली
ख़ाली मिलेगी, अब के बरस सावन में।

बगुला-भगत

जैसे-जैसे, छिपे इरादे
ज़ाहिर होते जा रहे हैं,
बेचैनियाँ आदमी की
बढ़ाते जा रहे हैं.

याद आने लगे
उस बगुले-भगत के
नये तालाब, नये जलाशय
ले जाकर बसाने के वादे
खाने को भरपूर शैवाल
पीने, तैरने को साफ़ पानी
से लबालब भरे तालाब
के वादें।

भोली-भाली मछलियों ने
बातों पर उसके,
भरोसा जताकर
अपने आपको उसके
हवाले कर दिया था।

लेकिन उसने,
चालाक, धूर्त बगुले ने
नये तालाब, नये जलाशय में
ले जाकर छोड़ने के बहाने
चोंच में अपनी, दबाकर
मछलियों को

एक के बाद एक
ले जाने लगा था

धूर्त, धोखेबाज़ बगुला
उन मछलियों को
नये तालाब में नहीं
अपने पेट के हवाले
करने लगा था-

क्योंकि कोई नया तालाब
था ही नहीं
कोई ऐसा

जलाशय था ही नहीं
एक बार नहीं
कई बार उससे धोखा खाया
पर, भोली मछलियों ने
उसी पर भरोसा जताया।

कछुवो जैसे कई
मित्रों, हित चिंतकों ने
मछलियों को
बगुले की धोखा देने
की आदत को बताया
ऐसा कोई तालाब नहीं
होने के बारे में समझाया।

तब तक बगुले ने
अनेक मछलियाँ खाकर
ताक़त को अपनी
बढ़ा लिया था।
चालाक बगुले पर किये
भरोसे टूटते,

तब तक
मछलियों से भरा
वह तालाब ख़ाली
होने लगा था।
मछलियों का बसेरा
वह तालाब, ख़ाली होते-होते
रौनक़ अपनी
खोने लगा था

अपनी ही मछलियों की
नादानी और
की गई ग़लतियों पर
तालाब,
मछलियों का वह रहवास,
उनका देश
उजड़ कर पिछड़ने लगा था
बे-नूरी पर अपनी
रोने लगा था।

उल्टी पगथलियाँ वाले

राजमार्ग पर सरपट दौड़ते
कारवाँ को हँसते-खिलखिलाते
आगे बढ़ते, पगडण्डी, वह भी अधूरी बनी
पर धकेले जा रहे है।
वे कौन लोग हैं, जो
ऐसा नकारात्मक दुस्साहस
कर रहे हैं।

यह कैसी विडम्बना है
आगे बढ़ते कारवाँ को
बलात पीछे की ओर
धकेल रहे हैं।

हाँ, जानते हैं उनको
वे मुट्ठी भर लोग,
जिनकी आँखें और
पगथलियाँ पीछे की ओर
एडियाँ जिनकी आगे
रहती हैं, जो देखते किधर,
और दिखाते किधर हैं।

आयेंगे बादल बदलाव के

जो आज तक 'ग से गणेश' तक
नहीं पहुँचकर 'ग से गधे' पर ही
अटके हुए हैं।

ये वे ही लोग हैं,
जो इन्सानों की बस्ती को
भूतों का डेरा
बनाना चाहते हैं
क्योंकि, वे ख़ुद भी
उल्टी पगथलियाँ
और पीछे की ओर
आँखें रखकर
देखने वाले हैं।

कल हम ना रहेंगे

कल हम ना रहेंगे
पर, डाल पे मेरे
नित नये फूल खिलते रहेंगे
वन, उपवन यूँ ही
नित नये फूलों से महकते रहेंगे
पर, हम ना रहेंगे।

जब तक ये धरती रहेगी
सूरज के सम्पर्क में आती रहेगी
कोख में इसकी नये पौधे
उगते रहेंगे, पनपते रहेंगे
पेड़ बनते रहेंगे, फूल खिलते रहेंगे
वन उपवन महकते रहेंगे।
क्या हुआ जो हम ना रहेंगे,
हाँ, पर हम ना रहेंगे।

विविधा द्वारा नये रंगों से
नई तस्वीर बनेगी,
तस्वीर के नये अक्स से
नई सोच, नये विचार आयेंगे,

वर्ग भेद, धर्म-जाति आधारित
सड़ी-गली व्यवस्था बदलेगी
नई बिछात, नई जमात जमेंगी,
सब कुछ नये-नये रहेंगे,
हाँ, हम ना देख सकेंगे,
क्योंकि हम ना रहेंगे।

ठहर ज़रा....

काटे जो पेड़ तूने यहाँ,
उजाड़े जो जंगल तूने यहाँ
हिसाब माँगेगी ये धरती,
ठहर ज़रा।

उजाड़ दिये घरौंदे वन्य जीवों के,
तोड़ दिये घोंसले परिंदों के
जवाब पूछेगा ये आसमाँ,
ठहर ज़रा।

जलाशय सारे सुखा दिये,
या मैला कर ज़हरीले बना दिये।
सबब पूछेंगे ये बादल,
ठहर ज़रा।
ज़ख़्म बे-हिसाब देकर,
छाती धरती की छलनी कर दी तूने
अब भी नहीं माना तो,
ठहर ज़रा।

 आयेंगे बादल बदलाव के

हरकतें तेरी, कारण बनी हैं,
तबाही के, बर्बादी के तेरी
किये कर्मों को भुगतना तो है,
ठहर ज़रा।

ज़ुल्मत की उम्र लम्बी कहाँ होती
आवाज़ अवाम की धीमी कहाँ होती,
जनाब आकर रहेगा इंक़लाब
एक दिन ठहर ज़रा।

आपके अच्छे दिन आने लगे हैं

ईर्ष्या-द्वेष के गर्म झोंके
दरवाज़ा खटखटाने लगे हैं,
मेरे घर के हालात बीमार से
नज़र आने लगे हैं,
कड़ी नज़र बहुत बुरी होती है
जिस पर पड़ती है, उसे सुखा देती है
एक हरे-भरे पेड़ पर पड़ी,
वह सूख गया
मेरे पड़ोस की एक लड़की जो
हमेशा परीक्षा में प्रथम आती थी
पढ़ाई-लिखाई छोड़, वह कभी रोती
कभी हँसती
उसकी हालत को देख उसके
माँ-बाप रोने लगते हैं।

दूसरों की ओर देखना छोड़कर
अपने को देखने की आदत शुरू करो
दूसरों से भी कराओ आज से अभी से
आप देखोगे कि हालात
बदलते नज़र आने लगे हैं।
सकारात्मक सोच को अपनाओ

उसकी ऊर्जा को बढ़ाओ
ईर्ष्या-द्वेष, बुरी नज़र से
अपना पीछा छुडाओ,
और उससे छुटकारा पाओ
आप महसूस करोगे, आप देखोगे कि
आपके अच्छे दिन आने लगे हैं।

रमेश बिंदल

बादल बदलाव के लाना हैं

वक्त का तक़ाज़ा है, समय की आवाज़ भी है,
पानी जो रुक गया है,
उसमें बहाव लाना है,
ज़िन्दगी में जो ठहराव आ गया है,
उसमें उफान लाना है।
आज़ादी के पहिले जो तराने गाये जाते थे,
इरादे बदलाव लाने के बादलों की तरह
उमड़ते थे कभी, दिलों में हमारे,
उन उमड़ते बादलों को फिर से बरसाना है।
सोच को पंगु, दृष्टि को धुँधली और
कानों को बहरा बना कर
ज़िन्दगियों को मुर्दा बना दिया गया है,
बदलाव की जो ताक़त संविधान ने दी थी,
क्षीण होती जा रही
उस शक्ति,
उस सोच को
जन-जन में

फिर से जगाना है।
लोहिया जी ने जो कहा था, उसे दोहराना है,
जब-जब सड़कें सूनी होती है,
सत्ता बे-लगाम हो जाती है
आओ इन सड़कों को दीवानों से भर दें,
जवाब तलब करने को सत्ताधीशों से
फिर इन सड़कों को संसद की ओर मोड़ दें
बतला दो कि ये सत्ता ये संसद
और न्यायपालिका इंसाफ़ का मन्दिर, और
तुलसी की पवित्र क्यारी होती है।
इन सदनों, इन संस्थाओं की पवित्रता,
प्रतिष्ठा और गरिमा को फिर से लाना है
ठहरी हुई ज़िन्दगी में उफान लाना है।

बदलाव के बादल-उम्मीदों की बिजली

बदलाव के बादल उमड़ेंगे
उम्मीदों की बिजली चमकेगी
खेतों में हल चलेंगे, भरोसे के मेह बरसेंगे
खेत-खलिहानों की तब सुस्ती उड़ेगी
जब बीजों के अंकुर फूटेंगे
आशाओं की फुलझड़ियाँ छूटेगी
हरे-भरे खेत लहलहायेंगे
हर किसान के क़दमों में फुर्ती होगी
औरतों की आँखों में चँचलता होगी,
फसलें जब घर आयेंगी
लेन-देन चुकेंगे,
गाँव-गाँव में मेले-हाट भरेंगे
बिंदियाँ, चूड़ियाँ और फुँदे ख़ूब बिकेंगे
शादी-ब्याह की बात चलेगी
तो कुँवारों के दिल मचलेंगे
आखातीज के सावे निकलेंगे
यों जब साल अच्छा निकलेगा
गाँव-गाँव हुलसेगा
सारा मुल्क मुलकेगा।

आयेंगे बादल बदलाव के

कोरोना– यह तो ट्रेलर है

ओ सरपट दौड़ने वाले,
एक पल रुक कर,
पीछे मुड़ कर, देख तो ले,
तूने दुनिया का कितना बिगाड़ा किया
या सँवारा है दुनिया को,
यह कोरोना ने दो माह में बता दिया
दुनिया को।
गाँधी तो नहीं,पर हाँ,
गाँधी का ग्राम-स्वराज दस्तक देकर
जगा रहा है दुनिया को,
और बता रहा है प्रकृति-गाय को
उतना ही दुहो, जब तक दूध मिलता रहे,
अन्यथा दूध के बजाय
ख़ून मिलने लगेगा दुनिया को।
कुपित होकर प्रकृति ने
अभी कोरोना रूपी ट्रेलर दिखाया है
दुनिया को।
तब क्या होगा,
जब पूरी फ़िल्म देखनी पड़ेगी
दुनिया को।

सत्ता की भूख

सत्ता की भूख देखो,
इस भूख के रूप देखो,
भरी संसद में
गाली सुनने
अपमानित होने
को मजबूर देखो,
सत्ता की भूख देखो और
इस भूख के
रूप देखो।
दूसरों को गिरा
अपने को उठाने में
ख़ुद की पीठ
थपथपाने में
सबसे आगे देखो
भूखे को बार-बार

आयेंगे बादल बदलाव के

रोटी दिखाकर
फिर नहीं देकर
टुँगाने में,
हँसतों को
रुलाने में, सबसे आगे
खड़े देखो
सत्ता की भूख के
रूप अनेक देखो

कोरोना हर साल आये

आसमान में परिन्दे अब दिखने लगे हैं,
पेड़ की शाख़ों, घर की मुँडेरों, रौशन-दानों
से चचहाहट, चुलहबाज़ी और कलरव
मैना, मिट्ठू, कबूतरों की आने लगी है,
बच्चों की प्यारी,
घर-घर में रहने वाली
फुदक फुदक-कर,
मन को बहलाने वाली
हमारी प्यारी, गौरैया भी
अब दिखने लगी है।
ये कोरोना, हो सकता है,
आदमी के लिये बीमारी लाया हो,
पर, शेष जीवों, प्राणियों के लिये
जीने का वरदान लाया है।
जंगल कटवाकर,
इनके जीने, विचरने और रहने के
ठौर-ठिकाने, मिटा दिये,
जीभ के अपने स्वाद के लिये,
अपने खाने के पकवान बना लिये
किसी को नहीं छोड़ा,
चाहे नभचर हो या जलचर,

आयेंगे बादल बदलाव के

या ज़मीन पर रहने, रेंगने वाले
दो पाये हों, या चौपाये
किसी को भोजन की थाली, तो
किसी को अपने ड्राईंगरूम की
सजावट के सामान बना लिये।
ज़ू, अजायब घर और रिज़र्व फ़ारेस्ट
जैसे क़ैदखाने बना दिये उनके लिये
कहीं पिंजरे का पँछी, कहीं मदारी का बंदर
कहीं सर्कस के हाथी-घोड़े
इशारों पे अपने ख़ूब नाच नचाया सबने,
किसी ने ज़्यादा, किसी ने थोड़े।
जिस हवा से ज़िन्दा रहते,
वह ज़हरीली हो गई, नदियाँ हमारी विषाक्त हो,
सब मैली हो गईं,
नभचर हो या जलचर
सब दम घुटने से मरने लगे हैं,
धूल के गुबार, पेट्रोल डीज़ल के धुएँ से
आसमान, कल कारख़ाने, और
धर्मान्धता की गन्दगी से नदी-नाले,
साँस लेने लायक़ नहीं रहकर,
सड़ने लगे हैं।

आज करोना ने महसूस करा दिया
इन्सानी ज़्यादतियों से
कुदरत किस क़दर बेहाल हो गई
अब आदमी की बारी आई तो,
उसके सीने में जलन
और साँसें रुकने लगी हैं,
घर जेल की कोठरियाँ बनने लगी है।
पर हाँ आदमी के बंद होने से
आकाश, शोर-शराबे और
धूल-धूएँ से छुटकारा पाने लगा,
और अब जग हमारा,
साफ़-सुथरा होकर
रहने लायक़ होने लगा
परिन्दे ही नहीं आसमान भी
तारों से भरा दिखने लगा है।
नियम बना लो, एक साल में
एक महीना, कोरोना की याद में,
कारोबार बंद रखकर,
घरों में क़ैद रहेंगे,
यूँ दुनिया को सबके,
जीने लायक़ बनाकर रहेंगे।

आयेंगे बादल बदलाव के

अँधेरे-उजाले का फ़र्क़

सोच की बंजर ज़मीं पर
जो बीज बोये जा रहे हैं,
अंकुरित तो होंगे पर
फल नहीं दे पायेंगे
मुहब्बत की खाद ना मिलने से
गर्म थपेड़े नफ़रत के,
इनको झुलसा जायेंगे।
सालों होने आये,
अँधेरों से घिरे हमको,
ये जो इन अँधेरों को
उजाले समझते रहे,
ये उनके फैलाये अँधेरे,
अहसास करायेंगे उनको
अँधेरे क्या होते हैं,
बतायेंगे उनको,
अब भी समझलो, समझा दो
अँधेरे-उजाले का फ़र्क़,
ये बहुत काम आयेंगे उनको।

कैसी आँधी, कैसा तूफ़ान

धूल भरी आँधियाँ
उठने लगी हैं
मेरे देश की हर विधा को
ढकने लगी हैं
विधायिका, कार्यपालिका
और अब न्यायपालिका के
कक्षों को भी,
धूल धूसरित
करने लगी हैं।
यह कैसी आँधी,
यह कैसा तूफ़ान,
कौन इसे लाया है,
किसने हवा दी,
किसने दिशा दी,
मोड़कर इस तूफ़ाँ को
मेरे देश की ओर
किसने इसे उकसाया है।
चारों और धूल छाई है,

आयेंगे बादल बदलाव के

जो अँधेरों को साथ लाई है,
हाथ से हाथ छूट रहा है
आपसी विश्वास टूट रहा है,
ऐसा लगता है
छोटे, ओछे लोगों के
बौने हाथों में
सियासत आ गई है
जैसे बंदरों के हाथों
कटार आ गई है।
शहीदों की शहादत पूछ रही है
बचा कर लाये थे
जिस कश्ती को,
कौन इसे फिर
तूफ़ानों के हवाले
कर रहा है,
कश्ती को क़ौम की
डुबोने पर आमादा
हो रहा है,

मंसूबे इन पागलों के
पूरे नहीं होने देंगे,
ज़िन्दा दिल क़ौम को
भारत की,
गूँगी बहरी भेड़ें
नहीं बनने देंगे।
सवालों के उबलते
उफनते लावे में
सरकारों को
भिगोते-डुबोते रहेंगे।

आयेंगे बादल बदलाव के

भभकती लौ वाले चिराग़

आपकी हमारी ज़ुबाँ
बोलने से कहाँ बाज़ आती है।
दीवाने तो दीवाने होते हैं
ये कहाँ मानते हैं,
शमा पे मर-मिटने को
परवाने तैयार रहते हैं।
भेड़ें, गूँगे-बहरे और छिछोरे
जिनकी पसन्द होते हैं, वे भी
अक़्ल से पैदल होते हैं।
प्रगतिवादियों को हटाकर
प्रतिक्रियावादियों को आगे लाने को
कलबुर्गी और गौरी ही क्यों
हत्या और बरबादी के और भी
ये मंज़र रंग लावेंगे।
भभकती-लौ वाले ये चिराग़
और अधिक नहीं टिक पावेंगे
ये स्वत: ही बुझ जावेंगे।

खींच ही लेंगे ये गाड़ी

खींच ही लेंगे ये गाड़ी हम सब,
बस साथ हमारा छूटे ना,
क़ौम का बँधन,
विश्वास का बँधन हमारा टूटे ना।
संकट की घड़ी अँधेरे के दिन,
तूफ़ानों से घिरी नाव हमारी
किनारों तक पहुँचा ही देंगे
हौसले हमारे, हिम्मत हमारी
टूटे ना।
साथ हमारा छूटे ना,
प्यार का रिश्ता
क़ौम का बँधन टूटे ना।
खोये हुओं और सोयों को
जगा कर लाना है,
देश प्रेम, क़ौमी एकता को
फिर से है मज़बूत बनाकर
दलदल में फँसी गाड़ी, फिर
खींच ही लेंगे, मिलकर हम सब
सबर हमारा टूटे ना
साथ हमारा छूटे ना
क़ौम का बँधन प्यार का रिश्ता
विश्वास हमारा टूटे ना।

आयेंगे बादल बदलाव के

जब सड़क पे उतरती है

सड़कों से उड़ती धूल,
हवाओं के तेवर
बता रहे है,
बड़े बदलाव के संकेत
आ रहे हैं
अधिक से अधिक जनसंख्या
जब सड़क पर उतरती है तब,
सड़के उन
पदचापों से उद्वेलित होती है।

जब जनघोष गूँजने लगता है
जन रोष उफनने लगता है
सड़ी-गली व्यवस्था के पोषक
सियासत-दारों का सिंहासन हिलने,
उखड़ने लगता है।

डॉक्टर माँ की व्यथा

आज की भोर बादलों से भरी हुई थी,
कुछ उदास और अलसाई हुई थी,
रात भी, रात भर रोती रही थी,
इसीलिये भोर भीगी-भीगी लग रही थी,
मोहल्ले में मेरे कोरोना से हुई मौत
उस रात मुझे भी परेशान किये जा रही थी
मौतें तो और भी कोरोना से हो रही थी
पर यह मौत इक्कीस साल के युवा की थी,
माँ के डाक्टर होते और मृतक की युवावस्था ने
सबको सदमें में डाल रखा था।
मृतक का इस माँ के अलावा
और माँ का इस लड़के के बाद कोई नहीं था
डाक्टर माँ मुस्तैदी से अपनी ड्यूटी पर थी
18-18 घण्टे मरीज़ों के बीच रहकर,
कोरोना जैसी महामारी से लड़कर
मरीज़ों की जान बचा रही थी।
व्यस्तता से अपने लड़के की बीमारी को
देखने का समय नहीं दे पा रही थी-
यही ग़म उसे बार-बार सता रहा था,

आयेंगे बादल बदलाव के

पर कर्तव्य निभाने,
कई जानों को बचाने का
जज़्बा उसे ढाँढस बँधाये जा रहा था।
लेकिन, अपने लड़के को,
नहीं देख पाने की बात
शूल की भाँति चुभ रही थी,
यही बात उसे बार-बार
रुलाये जा रही थी।
यूँ सुबह की भोर रात के आँसुओं से
भरी और भीगी लग रही थी।

रमेश बिंदल

एक साथ मिलो- हल्ला बोलें

वैसे तो दुःखों के पर्दे खिंचे हुए
उनमें अँधेरे भरे हुए,
गर चाहो जीना और ख़ुश रहना,
तो छोटे-छोटे छिद्रों से झाँको बाहर
देखोगे ख़ुशियों के उजाले फैले हुए।
अन्यथा, दुखों-अँधेरों की,
यथा-स्थिति- बनी रहेगी,
भटकाती रहेगी ज़िन्दगी भर।
अच्छा है कि कुछ तदबीर करो,
कोशिश करो पर्दों को नोंचने,
रौशनी के रास्तों को बड़ा करने की,
अकेले से नहीं तो
दो-चार साथियों को
बुलाओ, एक साथ मिल कर
जोर लगाओ-हल्ला बोलो।
देखो पर्दे फटने और हटने लगे हैं
रौशनी आते देख, अँधेरे भागने लगे हैं
रास्ते ज़िन्दगी के कई, खुलने लगे हैं।

आयेंगे बादल बदलाव के

आषाढ़ की लाड़ली

कई दिनों से लुभा रही थी,
ललचा रही थी,
आज धरा पे धीरे से उतर
होले-होले पग बढ़ा रही थी
यों गाँव में मेरे आकर
दस्तक देकर बता रहीं थी
बोली, लो मैं आ गई।
बाहर जाकर देखा तो
वह रिमझिम-रिमझिम
नाच रही थी
गीत उल्लास के
गा रही थी
दोनों हाथ अपने फैला,
बुला रही थी
यूँ बोल रही थी, आलस्त छोड़ो
आओ मेरे संग नाचो-गाओ
खेतों में हल चलाओ-बीज बोओ
मैं पानी की झारी से
खेत सींचने आई हूँ
खेतों को लहलहाने आई हूँ
मैं आषाढ़ की लाड़ली हूँ
मैं पहली बारिश हूँ।

लिखते रहे, पर वे अन्जान रहे

लिखते रहे जिनके लिये,
हम उम्रभर,
वे ही बे-ख़बर रहे, हमसे
हमारी भावनाओं से,
जो व्यक्त होती रही
कई किताबों, मेगज़िनों में आजतक,
उन किताबों के कई पन्नों,
मेग्ज़ीन के कालमों में,
तुमने भी पढ़ा होगा,
पढ़कर चेहरे के रंग भी बदले होंगे,
आँख भी तुम्हारी रोई होगी,
आँख लगने तक।
क्योंकि एक जगह हमने लिखा था,
ये तुम्हारा प्यार है, जिसे चाहो उसे दो
हक भी है तुम्हारा जिसे चाहो उसकी बन के रहो।
लुटाती रही अपने को,
वह लूटता रहा तुमको,

आयेंगे बादल बदलाव के

लूटकर चला गया,
और बन ना पाया तुम्हारा आजतक।
जो छल हुआ तुम्हारे साथ
छली जाकर तड़पी भी होगी,
पछतावा कर, रोई भी होगी रात-रात भर।
छला जाना, पश्चाताप में तड़पना, और
तुम्हारा बे-बसी में छटपटाना।
ये सब हम लिखते रहे जिनके लिये
वे ही अन्जान रहे हमसे आजतक।
बहुत लिखा नारी मन पर
भावावेश में ठगा जाना,
बे-बसी और छला जाना
उसका प्रेम, उसकी सृज्जन शीलता
उसका मातृत्व उसकी करुणा।
पर हाय नारी ही उसे पढ़ ना सकी
समझ ना सकी,
अन्जान रही आजतक।

यादें जो यादगार बन गईं

आप अब आये,
जनाज़ा उनका,
कब का उठ चुका है।
मातम-पुर्सी, रोना-धोना भी
निपटा चुके हैं,
जो आये थे, वे भी जा चुके हैं।
ख़ैर बेठो, देखो उनका तो कोई नहीं है
एक मैं ज़रूर हूँ यहाँ,
पड़ोसी के नाते कभी-कभार
आ जाया करता,
ज़रूरत होती किसी सामान की
ला दिया करता।
बस नाम आपका ले लेकर
दिन काट रहे थे,
अँधेरी तन्हा रातों में
कभी-कभी आपकी ओर जाने वाले रास्ते को
ताक लिया करते,
उम्मीद पर कि शायद आप आ रहे होंगे।

आयेंगे बादल बदलाव के

हाँ, एक लिफ़ाफ़ा आपको देने को कह गये थे,
और कुछ नोट-बुकें, कॉपियाँ, जिनमें उनकी
लिखावट में नज़्में, शेरो-शायरी लिखी हैं
इन्हें ले लो।
मेरी ड्यूटी जो आख़िरी सौंप गये थे
पूरी हुई, अब मैं चलता हूँ।
चाबियाँ घर की और ये घर, आपको दे गये हैं,
सम्हालो, इसे।
एक दिन देखा वहाँ बच्चों का स्कूल खुल गया है
स्कूल के बोर्ड पे मरने वाले का नाम लिखा है।
आज, हर शाम वह दिया जलाने आती है
ऐसा लगता है किसी से जैसे
वह गुफ़्तगू कर रही है
कभी हँसती कभी गम्भीर हो जाती है
पर दिया रोज़ जलाने आया करती है।

बाग़ीचों को वीराने बनाने लगे हैं

अँधेरों के साये जब से
मेरे देश पे छा गये हैं,
निशाचरों की कुछ प्रजातियों ने
इन अँधेरों से
अपने, अच्छे-ख़ासे फलते-फूलते
बाग़ीचों को वीराना बना दिये हैं।
अँधेरे अब यों सताने लगे हैं,
साये अँधेरों के डराने लगे हैं,
क्योंकि साये अब गहराने लगे हैं।
प्रश्न अँधेरों से डरने का नहीं है।
पर, जब साये अँधेरों के गहराने लगे हैं
तब से निशाचर-परिन्दे आने लगे हैं
भय ये है कि
उल्लू-चमगादड़ जैसे परिन्दे
यहाँ अपने ठिकाने बनाने लगे हैं
अपशकुनी तो हैं ही ये,
साथ में
जहाँ-जहाँ इन्होंने ठिकाने बनाये
वहाँ-वहाँ उजाड़ और वीराने होने लगे हैं।
अँधेरे इसीलिये सबको बुरे लगते हैं
बसे-बसाये शहर, क़स्बे उजड़ने लगते हैं।

रंगे सियार, भीगी बिल्ली

सियार रंगे हुए निकले
उल्लू और बिल्ली
भीगे-भीगे निकले।
दाढ़ी में छिपे दाँत
नुकीले निकले
आस्तीन में छुपे सपोले
ज़हरीले निकले।
सियासत की गद्दी पर बैठे, जो
वो कठपुतली निकले
कठपुतली के करतब जो दिखा रहे हैं
इनकी डोर कोई और हिला रहे हैं
पर्दे के पीछे छिपे
कठपुतलियों की डोर
हिलाने वाले, ये
कपटी लुटेरे निकले।
ये वो सौदागर हैं,
जो सारी दुनिया में फैले हैं।
आपस में लड़वाकर
हथियार बेचने वाले
बीमारियाँ फैलाकर
दवाईयाँ बेचने वाले
ये मौत के छिपे
सौदागर निकले।

कालम चार में डाउटफुल

आज मैं अपनी ही पहचान से
काट दिया गया हूँ,
जो मैं था, आज भी हूँ,
उसको अमान्य कर
अपरिचित बना दिया गया हूँ,
अपनी ही पहचान से काट दिया गया हूँ।
उम्र के इस अंतिम पड़ाव पर
बेगाना बना दिया गया हूँ
अपनी ही पहचान को
तरसा दिया गया हूँ,
आज मैं अपने ही घर में
बे-घर बना दिया गया हूँ,
क्योंकि नये नागरिकता रजिस्टर में,
कालम चार में डाउटफुल
लिख दिया गया हूँ।
अरे यह कैसा मज़ाक़ है,
जिस वोटर आई.डी. कार्ड से
जिस मतदान पहचान पत्र से
आज की ये संसद चुनी गई
संसद ही नहीं, आज की

हां, जिस सरकार का
जन्म हुआ, उस मतदाता को ही
अब नकार रही है,
उस मतदाता की पहिचान को
ये नुगरी कृतघ्न सरकार भुला रही है।
अपने जन्मदाता को ही
जब नकार रही है,
तो क्या,
आसमान से गिरी हुई औलाद,
खुद को मान रही है?
या फिर, कर्ण की भाँति, हथेली के-
छाले से पैदा हुई मान रही है?
जब गूँगा पन दूर हुआ
संसद का स्वर मुखर हुआ,
अधीर हो, जब
नारी सांसद ने भरी संसद में
हुँकार भर यह जता दिया
जैसे को तैसा बता,
सियासत-दारों को आईना
दिखा दिया।

अरे पहचान तो
यह सरकार अपनी खो रही है, और
पहचान के सबूत हमसे माँग रही है।
भरोसे के सारे रिश्ते-नाते
व्यवस्था के सारे क़ानून-क़ायदे
एक तरफ़ सरका दिये गये हैं
आपसी समझ, भाइचारों के
मायने बदल दिये गये हैं,
अब तो पिता, नहीं
आपके दादाजी की जन्म-पत्रिका दिखाओ
आप इस शहर, इस सूबे, और
इस देश में कब से रह रहे हो,
यह बताओ
नहीं तो शहर गाँव ही नहीं,
देश छोड़ने का क़ानून बना दिया गया है।
उम्मीदों का आख़िरी दिया भी
बुझा दिया गया है।

आयेंगे बादल बदलाव के

बेकार हो, घर लौटते मज़दूर

नंगे भूखे बच्चे
थकी-हाँफती औरतें
थक कर किसी वृक्ष की
छाँव में जा बैठे होंगे,
वृक्ष ने अपनी शाख़ों को
और झुका कर उन्हें दुलार लिया होगा।
ख़ून पगथलियों का अपने सीने पे देख,
सड़क का सब्र भी टूटने लगा होगा
तपती रेत जब आँखों में चुभी होगी
ज़र्रा-ज़र्रा रेत का चीत्कार उठा होगा
मुल्क बटवारे के बाद
आबादी की इतनी बड़ी आवाजाही
व्यवस्था के नाम, कुछ भी नहीं
खाना-पानी और रहने को
छाँव तक नहीं
ऐसी हालात को देख
आदमी तो आदमी
भगवान भी धिक्कारने लगा होगा।

म्हारी गणगौर

ए म्हारी प्यारी गणगौर,
आज हिवड़ा में उठे है हिलोर।
चुभी-चुभी जावे थारे,
नैना री तिरछी कनोर।
मेंहदी लाग्या पग, थारा
चाले जदी बिछिया बाजे, और
ध्यान खिंचे थारी ओर। यों हिवड़ा...
सुआ पँखी चोली पे, थारो
फूलों वालो लुगड़ो लहरावे
घुँघटाती नजारा मारे म्हारी ओर,
ए म्हारी गणगौर।
बीती बाताँ याद आवे,
शरारती आँखाँ वालो
थारो मुखड़ो लुभावे
सुनेरा बालाँ वाली
घटा घनघोर
म्हारी प्यारी......।

आयेंगे बादल बदलाव के

सावण बीत्यो भादो बीत्यो,
बीत्यो फागण चेत
उमर बीतीगी, हँसी ठट्ठा बीती ग्या,
धोला पडिग्या, माथा रा केस।
पण थारो भोलोपन याद आवे,
म्हारे मन भोत भावे,
आज भी मीठी-मीठी लागे तू,
ज्यों बरफी की कोर।
ए म्हारी गणगौर, प्यारी गणगौर।

नारी इसीलिये धरती कहलाई

तुम देवी हो, यानी
तुम देव-तुल्य नारी हो।
सृजन भी तुमसे,और
संहार भी तुम से है,
चारों ओर-
तुम्हारा ही कला-संसार है
जो जीवन दिख रहा है,
वह तुम्हारा ही प्यार है।
यह सागर तुम्हारा हृदय,और
ये पर्वत तुम्हारे उभार हैं,
ये हवा तुम्हारा उच्छवास, और
ये बहते झरने, नदी-नाले-
तुम्हारी ममता है, जो-
सींचती रहती है-
जीवन देती है।
तुमसे ही तो
ये पृथ्वी धरती कहलायी

आयेंगे बादल बदलाव के

सबको धारण करने वाली,
धैर्य बँधाने वाली माँ कहलाई।
ऐसी देव-तुल्य नारी-माँ को
किसी के आने का सुख कैसा,
और, कोई जाता है तो दुख कैसा।
आने की ख़ुशी में जब
एक आँख हँसती है,
तो जाने के दुख से
दूसरी रोती है,
नारी तुम्हारी दोनों आँखें
सचमुच सब कुछ कहती है।
हे नारी तुम इसीलिए तो
कई रूपा कहलाती हो
इसीलिये नारी, देवी,
और धरती कहलाती है।

मेरी भाभी

हँसती आँखों वाली, बोलती आँखों वाली,
थी मेरी भाभी
मणी सी चमकती आँखों वाली थी
मेरी भाभी
हमारे बाबा-दादा की पोतेहू और,
ताऊ-चाचा की पहली बहू थी
मेरी भाभी
हमारे कुटुम्ब की बड़ी बहू थी
मेरी भाभी
इसीलिये सबकी लाड़ली बहू थी
मेरी भाभी
भाभी का पहला आभास कराने वाली थी
मेरी भाभी
हम सब भाइयों की पहली भाभी थी
मेरी भाभी
(बड़े) भाई साहब की धर्मपत्नी थी
मेरी भाभी
बड़े नाम वाली थी
मेरी भाभी

आयेंगे बादल बदलाव के

शैलू-पप्पू की प्यारी मम्मी थी
मेरी भाभी
सुन्दर मंजू-सी, सरल सी सरल
और संगीता सी संगीतमय थी
मेरी भाभी
गुस्से में लाल-पीली होने वाली थी
मेरी भाभी
पर, सब कुछ तत्काल भुला देने वाली थी
मेरी भाभी
दुखों में भी हँसने वाली थी
मेरी भाभी
ख़ुश-मिज़ाज रहने वाली थी
मेरी भाभी
लायकी बोलने वाली थी,
बातों में रस घोलने वाली थी
मेरी भाभी
सबसे न्यारी, नखराली थी
मेरी भाभी

क्योंकि वैसी दूसरी नहीं हो सकती है
मेरी भाभी
अब हमारे साथ नहीं है
मेरी भाभी
प्रभु, उसकी आत्मा को शान्ति देना
और मेरी प्रार्थना पर ध्यान देना
सबको बहुत प्यारी थी
मेरी भाभी
अब भगवान को भी प्यारी हो गई
मेरी भाभी।

आयेंगे बादल बदलाव के

ज़ख़्म तूने ऐसा दिया...

ज़ख़्म तूने ऐसा दिया है कि
ये घाव ऐसे भरेगा नहीं,
जिनमें आंतकी ढलते हैं, वह टकसाल
अभी हथियाना बाक़ी है,
इसीलिये, आतंक के मिटने से कम पर
बात बनेगी नहीं।
पहिले भी अपनी एक बाज़ू
बाँग्लादेश, गवाँ बैठा है तू,
आतंक ख़त्म नहीं किया तो समझ ले,
बलोचिस्तान वाली, दूसरी बाज़ू भी
गवाँ बैठेगा तू।
सच कहें,
ना तो हम चाहते हैं,
ना हमको ये अच्छा लगता है।
अरे पगले, जो कभी हमारा ही अंश था,
उस भाई से अदावत रखता है कोई?
पर, तूझे मालूम है या नहीं,
दूसरों के बहकावे में आकर
कितना सताया है तूने,
अबकी हरकत की, गर तूने,
हस्ती मिटा दी जावेगी तेरी
और बचाने तुझे, ना आ पाएगा कोई।

आयेंगे बादल बदलाव के

अपनी बात

लेखन तो हमने कक्षा आठवीं से ही शुरू कर दिया था। पत्रकारिता, लेखन, कविता सब एक साथ चलता रहा। लिखते रहे, छपते रहे और राजनीति भी खूब की। नीमच राजनीति का प्रमुख कार्यस्थल रहा। वकालत और राजनीति साथ-साथ ऐसी चली कि नीमच सब डिवीज़न की चार तहसील नीमच, जावद, मल्हारगढ़ और मनासा में ऐसा कोई गाँव नहीं जिसमें हमारी पहचान और हमारा मुवक्किल ना हो। जिनसे 40 साल बाद आज भी रिश्ते कायम हैं। नीमच आते-जाते उनसे मिलने से जैसे मेरी प्रसन्नता की बैटरी चार्ज होती है।

जैसे-जैसे उम्र बढ़ती गई जीवन में बदलाव आते गये। सोच भी विकसित हुई और उसका दायरा भी।

कुलीन संस्कृति और माहौल तो जन्म से मिला, किन्तु बचपन से संघर्षों एवं सीमित आय वाले, अभावों में जीने वाले लोगों के साथ रहने, उन्हें नज़दीक से देखने से बनिया मनोवृत्ति नहीं पनप पाई। पर हाँ, मुझमें इस व्यवस्था के प्रति नफ़रत अवश्य पैदा कर दी थी।

मैं मन्दिर जाता, सावन सोमवार, जन्माष्टमी के व्रत रखता और आज भी ईश्वरवादी हूँ, पर सुधार के तौर पर मन्दिर दर्शन, भीड़ में फँसकर आस्था जताना, देवरा, भोपे, झाड़-फूँक आदि पर से विश्वास कम होता जा रहा था। इसी प्रकार, व्यवस्था के तौर पर सबको सबका

हिस्सा बराबर मिलाना चाहिये। धन-बल, गुण्डाई, आदि के बल पर अन्याय करना और कमज़ोर है, इसलिये सहना, पसन्द नहीं रहा।

संजोग की बात कि सीमित आय वाले बाबुओं, मकान बनाने वाले कारीगरों, खेती करने वाले किसानों का ही साथ और सम्पर्क अधिक रहा।

मेरे वकालत के व्यवसाय में, मेरे अधिकांश मुवक्क़िल इसी क्लास, वर्ग के रहे हैं।

मैंने ज़मींदारों, रसूख़दारों, ठाकुरों के ख़िलाफ़ पीड़ित गाँव वालों के पक्ष में खड़े रहकर, आतंक फैलाने वालों को जेल तक पहुँचाया।

यह आज तक समझ नहीं पाया कि जो मेरे आचार-विचार रहे, उन्हें और वैसे ही विचारों को वामपंथ क्यों कहा गया। इसके विपरीत वाले विचारों को दायाँ या दक्षिण-पंथी क्यों कहा गया।

पीड़ित पक्ष का साथ देना क्या सही विचार नहीं होकर उल्टा, बायाँ या वाम विचार था। धीरे-धीरे दक्षिण-पंथी पूँजीवादी और वाम पंथी, साम्यवादी कहलाने लगे। साम्य, समानता क्या अच्छी बात नहीं है? क्या पूँजी कमाकर पूंजीपति बनना ख़राब बात है। यह गुत्थी आज तक नहीं सुलझा पाया हूँ। शायद आगे कभी सुलझा पाऊँ। वादों, पंथों के नाम विशेष से भी आगे धड़ेबाज़ी, गुटबाज़ी फैलाकर भ्रम फैलाया जा रहा है।

आज भी इन वादों ने दुनिया को विभाजित कर रखा है। देशों

आयेंगे बादल बदलाव के

को विचार धाराओं से बाँट रखा है, जबकि आचरण में, एक भी समाज, देश और नेता वादों के अनुसार सही नहीं मिलते हैं।

मैं आज भी, अपने को इन वादों, विचारधाराओं से मुक्त मानता हूँ। हाँ, परपीड़ा से द्रवित हो उठता हूँ, और उसके समाधान हेतु खड़ा पाता हूँ।

दूसरी ओर मैं धन कमाकर, आधुनिक तकनीक से सुसज्जित सुख-सुविधाओं सहित बच्चों को स्वस्थ एवं सुशिक्षित बनाकर बेहतर जीवन शैली के साथ जीना चाहता हूँ। अब कृपया आप ही मेरा वाद और विचारधारा निश्चित करने में सहायक बनिये।

धन्यवाद।

रमेश बिंदल